I0611599

Julius Stinde

Das Torfmoor

Naturalistisches Familiendrama in einem Aufzug

Julius Stinde

Das Torfmoor
Naturalistisches Familiendrama in einem Aufzug

ISBN/EAN: 9783743334601

Hergestellt in Europa, USA, Kanada, Australien, Japan

Cover: Foto ©Andreas Hilbeck / pixelio.de

Manufactured and distributed by brebook publishing software
(www.brebook.com)

Julius Stinde

Das Torfmoor

Das Torfmoor.

Naturalistisches Familiendrama

in einem Aufzuge

(Aufführung verboten)

von

Julius Stinde.

———— • ————

Mit literarischen Beiträgen

von

Einar Prillquist: Verfassers Verhör, ein Interview. — Ola Fagge-Olsen: Die ethische Bedeutung des Torfmoors. — Rasmussen Tosse, stud. rer. nat.: Die Frauengestalten des Torfmoors. — Mads Posmer: Fr. Nietzsche's Philosophie und das Torfmoor. — Gumme Griis: Die Bühne des Torfmoors u. a.

Berlin, 1893.

Verlag von Freund & Jeckel.

(Carl Freund.)

Alle Rechte vorbehalten.

Gedruckt bei Robert Schroth in Berlin S.

Perfonen.

~~~~~~

Frau Quärkerfen.
Leie:
Knude.
Paftor Vaafer.

~~~~~~~~

Ort der Handlung: eine elende Hütte am Rande eines weiten,
mit unergründlichen Moraftlöchern durchfetzten Torfmoores.

Zeit: Alltag-Nachmittag, pier ein halb Uhr mitteleuropäifcher
Uhrenftellung.

Witterung: Anfangs trübe, dann aufklärend, zuletzt Abend-
fonnenfchein.

Temperatur: 18,5⁰ Celfius.

Barometerftand: 762,2.

Wind: O.S.O., fpäter rechtsdrehend O. bis O.N.O.

Alle Requisiten müssen echt, d. h. alt und gebraucht sein: die Kleider, Leibwäsche recht schön vertragen, die Armuth so plastisch wie möglich zu versinnbildlichen.

Knude geht barfuß. Leie erlaubt sich den verzeihlichen Luxus dänischer Holzschuhe.

Den Schaum vor dem Munde bei den Krämpfen erzeugt die Darstellerin der Leie durch das Kauen gewöhnlicher Hausseife.

Die Darstellerin der Quäkersen übt ihre Rolle am besten während einer starken Erkältung ein, um die feinen Abstufungen des Hustens der Natur abzulauschen.

Wenn der Vorhang aufgeht, verbreitet sich von der Bühne ein herzerquickender Geruch nach Karbol.

(Das Innere einer Hütte, ärmlich, dreckig, aber naturwahr. Rechts im Hintergrund
ein Bett, die Fußseite dem Zuschauer zugewandt. Im Hintergrund Fenster, davor
ein wackeliger Tisch, in deffen Schubkasten alte Brodrinden duften. Aussicht auf
ein Torfmoor. Links im Vordergrund Thür, ein Stuhl. Unter dem Bett liegen
Rüben, Kartoffeln, Kohlhäupter. Bettüberzug schmutzig, aber wahr, unendlich wahr.)

Frau Quärkerfen (liegt wie todt im Bett). Knude und Leie (fehen zum
Fenster hinein, kommen dann links durch die Thür. Knude mit einem Bunde Stroh).

Knude.

Nun ist sie todt und das Bett gehört uns. Jetzt kann
sie auf Stroh liegen. (Will das Stroh ausbreiten.)

Leie.

Laß sie doch erst kalt werden, Knude.

Knude.

Wozu solche Umstände?

Leie.

Bedenke, sie ist meine Mutter.

Knude.

Ja, wenn ich das auch bedenke — was nützt das?
Seit zwei Jahren liegt sie im Bette. Und wir, wir liegen
auf Stroh. Das war unnatürlich von einer Mutter.

Leie.

Sie war krank.

Knude.

Um so eher hätte sie sterben müssen. Aber nein. Die besten Sachen wurden verkauft, um den Apotheker zu bezahlen und das Karbol. Das einzig Werthvolle ist das Bett. Weiter hast Du nichts von Deiner Mutter zu erben. Komm, faß an.

Leie

(steht erstarrt und bekommt einen leichten epileptischen Anfall. Knude bricht ihr die Daumen aus der geballten, zuckenden Faust. Sie athmet auf).

Es ist schon vorüber. Sei nur nicht böse, Knude.

Knude.

Diese Anfälle sind Dein einziges väterliches Erbtheil. (Verächtlich.) Das ist nicht viel, aber doch etwas.

Leie.

Knude, höhne mich nicht. Du weißt, nach Vorwürfen werden sie schlimmer. Das Gehirn wirkt auf das Rückenmark, sagt der Doktor, und das Rückenmark ist beim Menschen, was der Faden beim Hampelmann. Siehst Du, deshalb muß ich dann so zucken. (Leise, vertraulich, wie unter Eheleuten.) Aber ich habe einen Ausweg gefunden. Du wirst mich verstehen, wie ich Dich verstehe, Knude. Du hattest Verlangen nach dem Bette, es war Dein Gedanke bei Tag und bei Nacht. Wir sind arm, der Torf, den Du im Moor gewinnst, bringt wenig ein, die Krankheit zehrte Alles auf — da faßte ich den Entschluß — (Es hustet.) Was war das?

Frau Quärkerſen (huſtet wie aus einer Erſtickung erwachend).

E . . . he . . . e!

Leie.

Haſt Du gehört?

Knude.

Sie lebt!

Frau Quärkerſen (huſtet, richtet ſich auf. Heiſer und hohl).

Jawohl, ſie lebt. Noch iſt ſie nicht todt. (huſtet freier.) Den Gefallen thut ſie Euch noch lange nicht. (huſtet noch freier.) Ich bleib' im Bett und (ſpuckt in den Karbolnapf) das Bett bleibt mein. (heiſer lachend.) He he!

Knude.

Ich erwürge Dich! (ſtürzt auf ſie zu mit Zugreif-Fingern.)

Frau Quärkerſen.

Würge nur. Würge nur. Wo ich mein Geld habe, ſage ich Dir doch nicht.

Knude.

Geld?

Leie.

Geld?

Frau Quärkerſen.

Jawohl, Geld. Aber ich gebrauch' es ſelbſt, wenn ich wieder beſſer bin. (huſtet ſchrecklich, ſpuckt aus.) Ehe — he — quarks. Das war eine Handvoll Lunge. Aber man kann mit einer halben Lunge alt werden, ſagte der Doktor neulich. (ſpuckt.) Ctp!

Leie.

Du haſt Geld? Wie unrecht von Dir, Knudes arm-ſeligen Erwerb in Karbol zu vergeuden.

Frau Quärkerſen.

Ohne Karbol gehen wir Alle drauf, ich und Ihr, ſagt der Doktor. (huſtet.) Quarks ... Wenn Ihr mich ſorg= ſam pflegt, mich liebevoll behandelt, kriegt Ihr das Geld nach meinem Tode. Schöne blanke Thaler und Kaſſen= ſcheine, ſchöne Scheine. Behandelt Ihr mich ſchlecht — kriegen es andere Leute. Jawohl, andere Leute.

Leie.

Was für Leute?

Frau Quärkerſen.

Die es gut mit mir meinen. (huſtet.) Ehe . . eha . . a . . ak; ttp. Beſſer als Ihr. Ihr, mit dem Stroh. Denn das ſage ich Euch: ich laſſe mir meinen Lebenslauf nicht vorſchreiben. Ich bin eine freie Frau. (huſtet furchtbar.) Öhö . . Öhö . . öhh . . h.

Knude (will würgen).

Wer weiß, ob Du nicht lügſt?

Frau Quärkerſen.

O Knude, wie kannſt Du mir ſolche Schlechtigkeit zumuthen? Lüge iſt ja die größte Sünde; von der Lüge ſtammt alles Elend in der Welt. Ach, wie wäre die Welt groß und vollendet ohne Sünde (bedeutungsvoll) — ſozuſagen . . . ſündenrein. (huſtet). Öhö . . quaak!

Leie.

Knude, wenn Du noch einmal auch nur den Verdacht einer Lüge auf die alte Frau wirfſt, laſſe ich mich von Dir ſcheiden.

Knude.

Das kannst Du nicht. Freilich sind wir nicht auf die gewöhnliche Manier verheirathet, durch altväterliches Ge- löbniß vor dem Priester, aber ein freiwilliges Gelübde bindet fester als eine Trauung. Die Freiwilligkeit ist das Bindende. Und wir sind freiwillig verbunden.

Leie (stöhnt tief).

Ja — ja — ich gab mich Dir freiwillig — — (stöhnt weniger tief) doch Knude, als ich die Deine wurde, war Alles in Dir klar, bestimmt, willensstark. Dieser Deiner inneren, reinen Klarheit gab ich mich zu eigen. Daß Deine Hände braun von dem Torf waren, den Du backst, daß Deine Kleider voll Torf saßen, daß Deine Haare von Torf starrten, daß Du torfene Schwimmhäute zwischen den Zehen hattest . . . das störte mich nicht. Das ganze ekle Dasein ist ja nur ein großes Torfmoor. Wohin man tritt, brodelt Jauche auf, wer darauf wandert, geräth in die bodenlosen Lunken und versinkt. Knude! Knude! Wenn auch das Innere zu Torf wird . . . was bleibt dann der Menschheit?

Knude.

Ich verstehe Dich nicht.

Leie.

Du mußt an das Allgemeine denken, nicht an Dein gieriges Selbst. Sieh, alles Andere, das häßliche sinnliche Begehren muß in Schweigen und Ruhe versinken, dann kommt die Geistesruhe über Dich. Denn sieh, Knude, sonst steckst Du mich an mit Deiner Lebensanschauung und ich büße den Adel meines Willens ein.

Knude.

Dies verstehe ich auch nicht.

Leie.

Weil es schon in Dir anfängt zu dunkeln, Knude, faßest Du nicht, was ich sage. Die heutige Generation ist flach, leer, verzerrt und schlecht, weil sie sich von der Lüge beherrschen läßt. Der Schein gilt mehr als das Sein, die Wichse mehr als der Stiefel, der Orden mehr als das Hemd, der äußere Glanz mehr als die innere Klarheit. Du traust der alten Frau zu, daß sie löge — Knude, Knude, so denkt nur ein Knecht der Lüge. Siehst Du, deshalb kannst Du mich nicht verstehen.

Knude.

Als Du mein Weib wurdest, war Deine Mutter schon krank . . . das Bett mußte bald uns gehören, Leie. Dies dachte ich bestimmt und klar. Die Alte aber will immer noch nicht sterben . . . sie lebt der Natur zum Trotz und das ist — eine Lüge . . . . eine gelebte Lüge.

Leie.

So lange sie leben will, ist ihr Leben Wahrheit. (flüsternd.) Wenn sie jedoch freiwillig . . .

Knude.

Ja, wenn sie das wollte . . .

Frau Quärkersen (heiser, matt).

Leie!

Leie.

Was denn, Mutter?

Frau Quärkerſen.

Ich bin hungrig, Leie, bringe mir Eſſen.

Knude und Leie (einander zuflüſternd, gleichzeitig).

Sie will noch leben.

Leie.

Gleich, Mutter. Deine Mahlzeit iſt fertig; ſie ſchmort
in der heißen Aſche. Ah! (Sie ſchreit auf, fällt um und liegt in
epileptiſchen Krämpfen ſtoßend auf der Erde. Die Zähne knirſchen, das Weiße
der Augen nach oben gekehrt, Schaum vor dem Munde.)

Knude.

Ja ſo. Das Erbtheil ihres Vaters. Ich werde die
Speiſen holen.

Frau Quärkerſen.

Brav, Knude, brav. (Huſtet.) Der Menſch, der ſeine
Pflicht thut, (bedeutungsvoll) iſt ein pflichtgetreuer Menſch. Ach,
viele Menſchen wiſſen gar nicht, was Pflicht iſt. Darum
iſt die Welt auch der Beſſerung bedürftig. (Huſtet.) A . . ha
. . quarks. Wir Alle wünſchen Beſſerung. (Spuckt.) Ctp!
(Es klopft.)

Knude (öffnet die Thür).

Sieh da, Herr Paſtor Vaaſer. Guten Tag, Herr
Paſtor. Nehmen Sie Platz. (Setzt ihm einen Stuhl in den äußerſten
Winkel vorne.)

Paſtor Vaaſer.

Guten Tag, Knude. Guten Tag, Frau Quärkerſen.
Wie geht es?

Frau Quärkerſen.

Nicht zum Beſten, Herr Paſtor. Der Huſten und die
Nachtſchweiße greifen den Körper an. Das Unterbett iſt
immer feucht, Herr Paſtor. Aber der Geiſt iſt rege und
das Gewiſſen rein.

Paſtor Vaaſer (will den Stuhl näher an das Bett ziehen).

Knude.

Nicht zu dicht heran, Herr Paſtor. Die Alte haucht Bazillen aus. Und die Bazillen ſtecken an, ſagt der Doktor (ab).

Paſtor Vaaſer (ſetzt ſich auf den ihm angewieſenen Stuhl).

Gut, gut. Ich muß mich für die Gemeinde erhalten (gewahrt die auf der Erde liegende Leie). Sieh da, Leie. Wieder das angeerbte Uebel? Ja, ja, Frau Quärkerſen, Sie hätten keinen epileptiſchen Mann heirathen dürfen. Das war Sünde gegen das Kind.

Frau Quärkerſen (huſtet verlegen).

Ehe . . e . . e. Leie iſt nicht meine leibliche Tochter, Herr Paſtor. Ich habe ſie nur angenommen.

Paſtor Vaaſer.
Das war edel von Ihnen, Frau Quärkerſen.

Frau Quärkerſen.
Ach ja, man hat ſeine guten Seiten.

Paſtor Vaaſer.
Obgleich Leie Ihre Ziehtochter iſt, haben Sie dennoch die Pflicht, ſie auf den rechten Weg zu führen. Immer noch entbehren Leie und Knude des kirchlichen Segens. Dieſem Zuſtande muß ein Ende gemacht werden, Frau Quärkerſen. Deshalb komme ich zu Ihnen, Sie auf Ihrem Krankenlager zu ermahnen, Ihren Einfluß geltend zu machen.

Frau Quärkerſen.

Herr Paſtor, es iſt vermeſſen, den freien Willen eines Menſchen einzuſchränken (bedeutungsvoll). Nur in der Frei-willigkeit iſt der Menſch wahrhaft frei. Ich lege nicht die Hand an die höchſte Menſchenwürde, an ſeine freie Selbſtbeſtimmung. Das habe ich nie gethan, ſchon damals nicht, als ich noch in der Stadt lebte und ein Pflegehaus für Säuglinge hatte (huſtet milde). Quu .. ks!

Paſtor Daaſer.

Ja, ja, ich habe davon gehört. Es war vor meinem Eintritt in das Amt. Als ich Paſtor in der Stadt wurde, wohnten Sie bereits hier draußen am Rande des Torf-moores. Man ſagt, Ihnen ſeien viele der kleinen Pflege-befohlenen geſtorben, Frau Quärkerſen.

Frau Quärkerſen (frohlaunig).

Alle, Herr Paſtor. Alle, bis auf Leie.

Paſtor Daaſer.

Wie ging denn das zu, Frau Quärkerſen?

Frau Quärkerſen (traulich).

Sehr einfach, Herr Paſtor. Ich will es Ihnen ſagen. Freilich, die Menſchheit iſt feige, ſie hat nicht den Muth, offen zu bekennen, ich bin aber nicht feige, ich bin aufrichtig und wahr (huſtet). Ahö .. ö .. qu .. e.

Paſtor Daaſer.

Sehr brav, Frau Quärkerſen. Alſo wie kam es, daß Ihnen die Kinder alle ſtarben?

Frau Quärkerſen.

Ich half nach, Herr Paſtor.

Paſtor Vaaſer.

Aber das iſt ja entſetzlich.

Frau Quärkerſen.

O nein, Herr Paſtor, nur Pflicht. Sehen Sie, wenn die kleinen Mädchen herangewachſen wären, was wäre da aus ihnen geworden? Nun ſind ſie lauter kleine Engel.

Paſtor Vaaſer.

Allerdings hätten ſie leicht etwas Schlimmeres werden können.

Frau Quärkerſen (herzensfroh).

Nicht wahr? Das dachte ich gerade ſo. Wie gut Sie mir alten Frau ſind, Herr Paſtor. Schade, daß ich mein Geſchäft nicht mehr habe, Sie würden es gewiß empfehlen. Und immer ließ ich anſtändig begraben. Da kam es auf einige Schillinge nicht an.

Paſtor Vaaſer.

Das war achtbar gedacht, Frau Quärkerſen. Auf den Sinn kommt es an, der hinter den Thaten liegt, wie der Teich hinter den Mühlrädern. Ohne ſein Waſſer dreht ſich das Rad nicht. Verſtehen Sie mich recht, liebe Frau: wenn ich Sinn ſage, dann meine ich die Ueber-zeugung, die unerſchütterliche Wahrheit des Denkens.

Frau Quärkerſen.

Ich bin ganz gerührt, Herr Paſtor. Ja, unerſchütterlich war ich dabei. Ich war ſtark und frei im Wollen. Nein, ich quälte ſie nicht Wochen lang hin, wie manche Kollegin thut . . . es giebt gemeine Perſonen darunter . . . meine hatten bald ausgerungen.

Pastor Vaaser.

Das war wieder edel von Ihnen.

Frau Quärkersen.

Herr Pastor, das Einzige, womit der Mensch in der Ewigkeit bestehen kann, ist sein guter Ruf. Nicht um alle Erdengüter möchte ich am jüngsten Tage, wo Alles ans Licht kommt, daß meine Kunden vorträten und mich anklagten, ich hätte sie schlecht bedient (spuckt). Ttp.

Pastor Vaaser.

Wieder sehr brav gedacht, Frau Quärkersen. Die Pflicht ist das oberste Gesetz und wären die Folgen noch so schwer. Wer seine Pflicht vernachlässigt, vernachlässigt den Staat, die Gesellschaft, die Entwicklung des Individuums. Und das Individuum, das in sich freie, ist die Menschheit.

Frau Quärkersen.

Ganz meine Idee, Herr Pastor. Die Freiwilligkeit, darin liegt es. Die kleinen Wesen fanden kein Gefallen am Erdendasein, sie schrieen den ganzen Tag und die Nacht dazu, sie wollten fort aus diesem schaalen, verlogenen Jammerthal. Da half ich denn. Ich legte ihnen die Hand auf Mund und Nase. Sie wimmerten nicht lange. Kaum so viel wie eine Katze, die ins Haus will, wenn es draußen regnet und man macht die Thür nicht auf. Es giebt gemeine Menschen, Herr Pastor, die so ein armes Thier nicht einlassen.

Pastor Vaaser.

Leider.

Frau Quärkerſen.

Dann wurden ſie blau im Geſicht, die Aermchen und
Beinchen thaten als wollten ſie ſchwimmen, das Köpfchen
fiel hintenüber und das Seelchen war ein Engelchen. Und
wie niedlich ſahen ſie im Särgelchen aus. Hübſch ge-
waſchen, im weißen Sterbekittelchen, mit Maiglöckchen
oder was die Jahreszeitchen boten. Man konnte nichts
Entzückenderes ſehen. Ja, ja, Herr Paſtor, ich kannte
meine Pflicht. — Ttp!

Paſtor Vaaſer.

Das höre ich. Wie aber kam es, daß nicht auch Leie
ein Engelchen wurde?

Frau Quärkerſen.

Ja, das war ein eigen Ding. Leie ſchrie nicht, Leie
ſtrampelte nicht, Leie ſchlief, und wenn ſie nicht ſchlief,
lächelte ſie. Ihr gefiel das Daſein, ſie hatte keine Freiwilligkeit, die Erde zu verlaſſen. Ihr Vater hatte ge-
trunken und die Mutter trank auch, ſie hatte die Brannt-
weinſeligkeit geerbt und war ſtets ſo vergnügt. Allerdings
ſind daraus ſpäter die Krämpfe geworden. Aber wer
konnte das ahnen? Es iſt eine dunkle Sache mit der
Vererbung, Herr Paſtor!

Knude (ſtürzt herein, ſchreiend).

Leie! Leie! Was haſt Du gekocht? Leie! Ich ſterbe!
Mein Eingeweide brennt wie glimmender Torf. Leie!
(Er ſchüttelt ſie, Leie kommt zu ſich.)

Leie.

Was giebt's? Knude, was iſt Dir? (ſteht auf.)

Knude.

Ich aß in der Küche, was Du für die alte Frau gekocht hast . . . Hülfe, Hülfe! (wälzt sich auf dem Boden.)

Leie.

Aus welchem Topfe nahmst Du, Knude?

Knude.

Ich aß beide leer.

Leie.

Dann bist Du verloren.

Pastor Vaaser.

Leie, erkläre, was ist gescheh'n?

Leie.

Ich bereitete zwei Speisen für die alte Frau: in dem einen Topf Grütze, in dem anderen Fliegenpilze. Die alte Frau sollte wählen. Nahm sie die Grütze, blieb sie am Leben, aß sie die Pilze, mußte sie sterben. Aus freier Wahl sollte sie entscheiden. Nun hat Knude das Loos getroffen. Knude, jetzt kennst Du meinen Ausweg; Du bist ihn selbst gegangen in Freiwilligkeit.

Knude (unter Krümmungen).

Ich fluche auf die Freiwilligkeit! Ich sterbe, Leie, ich sterbe. Aber hier drinnen — ich fluche noch einmal — die ganze Welt ist Torf — ich speie drauf. — So, nun ist es hier drinnen wieder rein und klar — r — r . . r. (Er röchelt schrecklich und bäumt von Zeit zu Zeit auf.)

Leie.

Aber Knude, stirb doch in Schönheit (weinend). O Knude, thu' es doch.

2*

Knude.

Gieb ... mir ... das Bett ... das Bett!
(verscheidet zähneknirschend).

Frau Quärkersen.

O Leie, Du, der ich das Leben ließ, Du trachtetest mir nach dem Leben? O Herr Pastor, wie schlecht ist die Welt! Die Dankbarkeit ist ausgestorben, nur gemeine Selbstsucht ist geblieben und regiert die Menschheit.

Leie (schluchzend).

Nun kommt Knude auf das Stroh, das er der alten Frau zugedacht hatte. O Knude, kein Bett! Kein Bett! Wer soll nun Torf backen, da Du dahin bist? Was fängt die Menschheit an ohne Torf? (Sie bekommt einen furchtbaren epileptischen Anfall, schlägt auf die Bettkante und fällt wie ein Brett zu Boden.)

Pastor Daaser (will ihr beistehen).

Frau Quärkersen, machen Sie sich auf das Schlimmste gefaßt. Leie hat das Genick gebrochen — sie ist todt .... an sich selbst zu Grunde gegangen.

Frau Quärkersen.

Soll ich hier allein verhungern und verkommen? Herr Pastor, hier ist mein Sparkassenbuch, ehrlich erworbenes Geld. Nehmen Sie es an sich; schicken Sie mir eine Wärterin aus der Stadt. (Giebt ihm das unter dem Kopfkissen aufbewahrte Buch.)

Pastor Daaser.

Das soll geschehen. Auch die Leichen müssen aufgebahrt und begraben werden, hier können sie nicht verwesen. Giebt es nicht einen näheren Weg über das Moor, als die Landstraße und dann die Chaussee?

Frau Quärkerſen.

Zwei Wege, Herr Paſtor, gehen dort hinaus. Der eine führt zur Stadt, der andere ins Moor, in Sumpf und tiefe Löcher. Der linke iſt der rechte. Herr Paſtor, was hab' ich verbrochen, daß ich ſo geſtraft werde? That ich nicht allzeit meine Pflicht?

Paſtor Vaaſer.

Nein, Frau Quärkerſen, nein. Sie thaten Ihre Pflicht nur halb. Alles oder Nichts gebeut die Pflicht. Halbheit iſt die Krankheit unſeres Jahrhunderts. Sie ließen Leie am Leben . . . das war Halbheit. Das Kind war erblich belaſtet, die Schuld der Eltern brachte es mit in die Welt. Die Schuld zu·löſen wäre Ihre Pflicht geweſen, Schuld aber wird nur durch den Tod geſühnt. Leie hätte auch ein Engel werden müſſen. Nun tragen Sie die Folgen Ihrer Halbheit.

Frau Quärkerſen.

Ach, Herr Paſtor, all' unſere Weisheit iſt Stückwerk. Wir hatten in der Schule nichts von den Erbgeſetzen. Warum auch? Wir waren Alle arm, da erbte nie ein Menſch was. Freilich, Leie's Vater war belaſtet, der hatte einen Buckel.

Paſtor Vaaſer (wächſt bei ſeinen Worten).

Wie lange wird es noch dauern, bis das Volk die Moral des freien Willens und die Geſetze der Vererbung voll und ganz begreift? Wie lange wird es noch im finſtern tappen? O, hier thut Aufklärung noth. Nur wenn die Vergangenheit vernichtet und vergeſſen wird, lebt in der Zukunft die wahre Menschheit. Ich gehe, Frau Quärkersen. Bereuen Sie .... Ihre Halbheit (empört ab).

Frau Quärkersen.

Er geht. (Man sieht durch das trübe Fenster den Pastor.) Ob er den rechten Weg findet? (Sie hebt sich mühsam im Bett in die Höhe, stößt sich mit den Händen auf den Tisch und sieht durch das Fenster, scheußlich anzusehen, aber ungemein naturwahr. Die Abendsonne erleuchtet einen Theil des Fensters.) Herr Pastor, Sie geh'n den falschen Weg! Links! Links! Er hört mich nicht. (Sie klopft ans Fenster, stemmt das magere Bein auf die Bettkante.) Au, mein Bein! (Das Bein wird von heftigem Wadenkrampfe ergriffen.) Au, au! (Sie zwingt sich auf den Tisch.) Er schreitet wacker aus. Herr Pastor, Sie rennen ins Verderben! Das Fenster geht nicht auf. (Es gelingt ihr, das Fenster zu öffnen.) Herr Pastor! Ah, dort sinkt er ein. Das Moor verschlingt ihn. Und mein Sparkassenbuch mit ihm. (Sie hustet schrecklich und speit gräßlich.) Und kein Karbol. Und kein Karbol! (Wie im Irrsinn kauert sie auf dem Tische, die Haare hängen unter der Nachtmütze hervor, mit den mageren Armen umfaßt sie die mageren Kniee. Das Abendsonnengold scheint voll herein. Heulend.) Kein Karbol! Kein Karbol!

(Vorhang fällt.)

Verfassers Verhör

von

Einar Drillquist.

Ola Hansson-Olsen
gewidmet.

Ich war erst seit acht Tagen in Berlin und fühlte mich wie zu Hause. Das heißt natürlicher Weise in dem literarischen Berlin. Man braucht nur von Norwegen zu kommen, um in Berlin jubelnd aufgenommen zu werden. Talent wird nicht beansprucht, aber Kühnheit. „Dem Kühnen gehört die Welt", sagt ein nordischer Dichter. Und so that ich.

„So," sagt' ich, als ich das Torfmoor gelesen hatte, „dahinter steckt etwas; wenn ich nur wüßte, was, so könnte ich einen schönen Aufsatz in eine Zeitung schreiben." Ich konnte mich aber auch irren, daß nichts dahinter war, weil ich der deutschen Sprache noch nicht ganz mächtig bin. Das macht auch nichts, denn die Deutschen verehren das schlecht übersetzte Nordische mehr, als was ihre eigenen Männer schreiben und kämpfen dafür, es zum Siege zu verhelfen über ihre Schiller und Goethe und die Anderen von solcher Sorte. Aber es muß kühn sein. So vernichtet die Moderne die Antike. Und das ist natürlicher Weise ein achtbarer Triumph für Nordland, das noch nicht an Literatur dachte, als Deutschland sich schon Dichterfürsten rühmte. „Ein Volk, das nicht Alles setzt an seine Ehre, ist ein verächtliches Volk", sagt ein nordischer Dichter. Deshalb thun wir so. —

So wollte ich nun den Aufsatz schreiben und da nahm ich Jeppe Læsp mit, der gut dolmetschen kann (und dieses auch in Deutsch gebracht hat) und ging zum Verfasser, mir zu sagen, was hinter dem Torfmoor steckt, damit ich es schreiben kann (und Jeppe Læsp es übersetzen).

Ich hatte mich ganz modern angekleidet, wie es ein Moderner muß, und schlenderte in einem Evening-dress-jacket, dazu helle Beinkleider, naturalistisch aufgekrempt; Weste, veristisch weit aus= geschnitten; Hembenbrust als Fresko; Stehkragen fin de siècle; Kravatte au Symbolisme; Haare, ungescheitelt au réalisme; dicker Spazierknüppel à la décadence.

So klopfte ich an.

„Komm ein," rief der Verfasser.

„Spricht Sie norsk?" frug ich.

„Nein," sagte der Verfasser.

„Scham," sagte ich.

„Wie?" fragte der Verfasser.

„So können Sie unsere großen Verfasser nicht in Ursprache lesen und deswegen nicht verstehen."

„O," sagte der Verfasser, „ich hab' an der Uebersetzung genug."

„Was?" fragte ich Jeppe Læsp.

„Er versteht die Uebersetzung," sagte Jeppe Læsp.

„Natürlicher Weise," sagte ich. „Man sieht, Herr Verfasser sind ziemlich in das modern=nordisch=dramatisch=Weltbefreiende eingedrungen. Das sieht man am Torfmoor. Ja."

Jeppe Læsp dolmetschte. Der Verfasser schien über diese Anerkennung sehr glücklich. Das konnte er auch. Denn wir er= kennen sonst nichts an, als unsere eigenen Arbeiten, wir Neueren. Ja, wir haben Prinzipien.

So fragte ich den Verfasser: „Was haben Sie sich gedacht bei dem Torfmoor?"

„Vielerlei," sagte er.

„Das ist grade so, wie wir thun," sagte ich. „Wir denken so viel wie ein Chimborasso und schreiben davon nur ein Stück, so groß wie ein Butterbrot. Das ist die Probe von unseren Ge= danken, den Chimborasso muß der Leser daraus errathen, ent= räthseln, fühlen, empfinden, anstaunen, bis er einsieht, daß wir selbst der Chimborasso sind. Dann braucht er nicht weiter zu denken; dann sind wir angewundert."

Der Verfasser sah vor sich hin, als sollte er sagen, wieviel sieben mal sieben ist und hätte das Einmaleins vergessen.

„Jeppe," sagte ich, „guter Jeppe, hast Du auch richtig über=
setzt, was ich sprach?"

„Ja," sagte Jeppe Læsp.

„Warum macht der Verfasser denn so ein stumpfes Gesicht?"

„Er hat Demuth vor der Riesengroßheit der modernen
Nordischen," sagte Jeppe auf Norsk zu mir, daß der Verfasser
uns nicht verstand.

„Ja," sagte ich, „natürlicher Weise; so Großes ist noch nie
vorher gemacht. Da hält er sich die Augen zu. — Da hast Du
wohl Recht darin, mein guter Jeppe. So frag' ihn nun, ob er
auch nach der Natur gearbeitet hat, wie wir arbeiten, ob er das
Torfmoor studirt hat, wie wir studiren, es ganz in uns verarbeiten,
ehe wir es von uns geben."

Als Jeppe sodann fragte, holte der Verfasser eine Torfsode
herbei und legte sie auf den Tisch und sagte: dies sei die Natur,
wonach er das Torfmoor gearbeitet hat.

Da rief ich: „Verfasser, Sie verdienten, der Teufel hol' mich,
einer von Uns zu sein; schade, daß Sie ein Deutscher sind."

„O," sagte der Verfasser und machte eine tiefe Verbeugung.

„Da haben Sie ganz Recht," sagte ich. „Worauf wollen Sie
stolz sein? Auf Ihre Dichterfürsten? Die haben wir Modernen
sammt und sonders für dumme Jungen erklärt ... und Publikum
geht auf unsere Seite. Auf Ihre Nation? Wir erklären alle
Menschen faul, krank, verlogen, unwahr ... und Publikum geht
auf unsere Seite. Auf Ihr Land? Wir erklären ganzes Land
für Nebel, Regen, grau, verkommen ... und Publikum geht auf
unsere Seite. Ja, wir haben Publikum für uns, weil wir ihm
einreden, wir sind modern. Deutschland läßt sich von allem
Fremden hypnotisiren, weil es sein eigenes Herrliches unterschätzt
und sich selbst nicht traut. Es hat keinen Herzensstolz. Augen=
blicklich hypnotisiren wir Nordländer es und da spuckt es aus vor
seinen alten Göttern und statt an Blumen, riecht es an Nesseln
und statt Quellwasser, trinkt es verschimmelte Tinte und statt
Wein, Spülwasser aus Hospitälern und hält das Kranke für ge=
sund, küßt statt rothfrischen Mund, die Pestbeule und schreit
Hosiannah dem Scheußlichen. Denn (Einar Drillquist flüsterte

jetzt dem Verfasser leise ins Ohr) es ist so im Schlafglauben, baß
es Alles für wahr hält, was wir ihm als Wahrheit aufreben.
Wir haben es so weit, baß es poetische Wahrheit mit Wirk=
lichkeit verwechselt. Nun hält es die Wirklichkeitabschreiber für
Dichter der Wahrheit, für wahre Dichter. Und für diese Erkenntniß
giebt es alle Schätze seines geistigen Lebens; die Ebelsteine, die
seine Dichter ihm schenkten, verachtet es als werthloses Glas.
Und das muß es. Wer Diamanten nicht kennt, dem ist Simili
das höchste Wunder. Sehen Sie, das ist die Wahrheit und die
sag' ich Ihnen unverhüllt, weil Sie zu uns gehören."

Der Verfasser versuchte den Kopf zu schütteln.

„Seien Sie ruhig," sagte ich, „und ganz zahm. So müssen
Sie sein, um damit übereinzustimmen, was Ibsen in seinem Ge=
bichte ‚Ballonbrief‘ (1870) so poetisch spricht von urgermanischen,
gezähmten Wilbschweinen."

Jeppe hielt dem Verfasser den Mund zu. Wer etwas gegen
uns sagen will, kriegt eins brauf. Wir haben unsere freiwillige
Frembenlegion, die steht für uns ein.

Da sagte ich weiter: „Lies der Verfasser jenes Gedicht, da
sind noch die schweren beutschen Phrasenhelden brin, die sich
prahlend mit der ewigen Wacht am Rhein heiser schreien, der
Generalstab mit Spionen, nichts als losgelassene Meute; nur eine
Größe für Gaffer, Eure große Zeit. Denkt an Tamerlan und
Etzel bei den Namen Eurer Helden, die besingt kein Dichter und
beshalb sind sie tobt, wie egyptische Fratzengötzen. Aber Gustav
Abolph und Karl der Zwölfte, das waren Helden, ihr Preis klingt
durch alle Länder, und Peter Wessel ist der Dritte mit ihnen.
Kennen Sie Peter Wessel? — Nein? — Schande! Den müssen
Sie noch lernen, wenn wir Sie gleichachten sollen. Aber erst
müssen Sie aus sich räumen, was sie an Vaterländischem in sich
haben, damit Peter Wessel Platz hat. Außerdem könnte es das
Ausland beleibigen, wenn Sie in Ihrem Gehirn eigener Herr
sein wollten. — Immer zahm gegen Ausländisches, Ihr urgermanische
Wilbschw . . . ."

„Ich bitte . . ." rief der Verfasser.

„Ja," sagte ich, „es soll Ihnen gewährt werden. Sie arbeiten

nach der Natur — das Stück Torf beweist es .... wir nehmen
Sie als einen uns Nahestehenden auf. Wir werden Ihnen Reklame
machen, wir werden Sie Vereinen empfehlen, daß Sie hinter ver=
schlossenen Thüren aufgeführt werden, denn die Wirklichkeit, die
hinter verschlossenen, wenigstens verriegelten Thüren geschieht, ist
das Wahre. Sie sollen auf Gastmählern gefeiert werden, als ein
zur neuesten Richtung Bekehrter. Ihre Zeitungen machen uns
berühmt in Deutschland, ich will Sie berühmt machen auf Spitz=
bergen."

„Nein," sagte Jeppe Læsp, „das geht nicht. Verfasser ist
ganz roth geworden."

„Wer zu uns gehören will, muß sich das Erröthen abgewöhnen,"
sagte ich. „Erröthen ist ein Zeichen sittlicher Gesundheit; was
wir wollen, ist Stärke der Krankheit, kalte Gefühllosigkeit ab=
strapzirter Nerven, denen das Grausige, Grauenvolle, Gräßliche,
Häßliche, Abscheuliche reizvoll ist, wie liebevolles Streicheln; und
ohne Humor, immer ernst, so ernst wie Hinrichtung."

„Nun ist der Verfasser ganz bleich," sagte Jeppe.

„Ja, nun ist er so weit," sagte ich. „Er ballt schon die
Hände, in den Kampf für die Moderne einzuhauen. Leben der
Verfasser wohl. Ich gehe jetzt meinen Aufsatz schreiben, mir Ruhm
und ihm Reklame zu machen. Wo wären wir ohne Reklame?"

Als wir draußen waren, hörten wir, wie der Verfasser
fürchterlich auflachte und es flogen Bücher gegen die Thür, wie
Jeppe auch nach dem poltrigen Gebumse urtheilte.

„Jeppe," sagte ich, „er befreit sich. Er wirft die verlogene
Literatur von sich. Fällt das Heiligthum in Trümmer, giebt es
Weideplatz für nützliches Vieh. Wir werden weiden, guter Jeppe."

„Ja," sagte Jeppe Læsp.

So ging ich und schrieb diesen Besuch beim Verfasser nieder,
und die Redakteure sagten, wenn ich über einen norbischen
Modernen geschrieben hätte, würden sie mir noch zwei Mark mehr
gegeben haben. Eine Mark fünfzig für mich und fünfzig Pfennig
für Jeppe Læsp.

„So," sagte Jeppe. „Wir wollen uns nicht wieder einlassen
mit deutschen Verfassern, die haben kein Kurs im eigenen Lande.

Ich weiß einen Schweinehirten fünf Meilen von Tronbhjem, so
wir ben herbringen, kriegen wir mehr. Er ist von weit her und
ganz Natur, benn er wäscht sich nicht. So wird er gefallen in
Deutschland."

„Das laß uns thun, guter Jeppe," sagte ich. „Aber ich bin
bange für etwas."

„Wofür?" fragte Jeppe Læsp.

„Wenn wir ihn hierherbringen nach Berlin, machen sie uns
ben Schweinehirten nach. Du siehst ja am Torfmoor, baß
Nachmachen gar keine Kunst ist!"

„Ja so," sagte Jeppe Læsp. „Nun seh' ich ein . . . beshalb
sind sie so im Hanbumbrehen modern geworben. Aber lachen wir
über sie. Nicht einmal bie Moderne haben sie erfunben. Wo
kommt bas von?"

„Ja," sagte ich, „wer sich in eine Partei begiebt, ber sperrt
seinen Geist in einen Käfig. Wie kann Einer groß schaffen in
seiner Art, wenn er schwört, basselbe zu machen, wie seine Genossen?
Da kann er nur nachahmen und . . . barf nicht anders. — Unb
wir haben sie in ben Käfig gelockt. Lachen wir, Jeppe."

Unb ich und Jeppe lachten.

Die ethische Bedeutung

des

Torfmoors

von

Ola Bagge=Olsen.

Wie die Mitternachtssonne aufgeht, so geht auch die Moderne von Norden auf über die Völker und wohin ihre Strahlen treffen, da weicht die Lügenfinsterniß und siegt die Wahrheit über die Heuchelei, die Wirklichkeit über den Trug, wie der Meister so wahr und tief sagt:

> Ja, hoch von Oben kommt mir Licht,
>   Das Höchste ist das Gleichgewicht. *)

Die Grundtendenz des Torfmoors ist milde Graulichkeit, wohlthuendes Entsetzen, sanfter Schrecken. Das ist modern, und deshalb ist es Natur, ist es moderne Natur. Natur ist nie modern. Wäre Natur modern, wäre sie schon längst vor den Modernen modern gewesen. Wir haben die Natur erst entdeckt und noch viel mehr. Wir haben entdeckt, daß wenn etwas fault, es auch stinkt. Das haben wir aufgefunden. Und noch viel mehr. Und das schreiben wir und thun es in unsere Dichtungen. Und noch viel mehr, wie Brand sagt Seite 58:

> Nein, wollen mußt Du stark und frei,
>   Ob Grau'n auch im Gefolge sei.

---

*) Vergleiche dieses Citat und die folgenden in: „Brand, ein dramatisches Gedicht von Henrik Ibsen. Uebersetzt von L. Passarge." Leipzig. Philipp Reclam jun. 40 Pfennig. — Seite 105.

Dies hat der Dichter des Torfmoors sich zur Richtschnur ge=
nommen, und deshalb begrüßen wir ihn voll und ganz und un=
entwegt als Stallbruder.

Schon sind Rückenmarksdarre — von Hysterie garnicht zu reden
— Gehirnerweichung und andere Siechthümer von uns auf die
Bühne gebracht, die ausgesprochene Tuberkulose aber noch nicht.
Hier haben wir sie; und vier Fünftel der Menschen sterben an ihr.
Ist das etwa kein dramatischer Vorwurf? Ein kolossaler. Wie
sagt Brand, Seite 123?

> Hat einer eine kranke Lunge
> Mag er Verstocktes, böse Krusten
> Dreist bringen über seine Zunge!
> Statt zu ersticken muß er husten! —

Das ist groß gedacht, wie ein Walfisch im Eismeer, wahr wie
ein ertrunkener Seehund, dem Leben abgelauscht, wie ein gefülltes
Speibecken. Was ist die überlebte, lügenhafte, sogenannte Schön=
heit der antiken, unmodernen Dichter, dieser abgestandenen Bieder=
männer, gegen solche Wirklichkeit? Ja, ja, wer nicht aushustet,
der erstickt. Das ist und bleibt wahr. Kniet nieder und betet
ihn an, der solche Perlen von sich giebt.

Und so hustet Frau Quärksen im Torfmoor.

Betrachten wir erst das Torfmoor. Es bedeutet die Welt.
Wer das nicht versteht, ist noch nicht reif, es zu verstehen. Das
ist so groß gedacht und so außerordentlich, daß man sich wundert,
wie der Dichter es ausdenken konnte, ohne dabei in eine Heil=
anstalt zu gehen, wo man ihn und seinen Puls wieder zu sich
brachte, wenn sein Gedanke ihn erdrückt hatte. Wer einmal um
seinen Verstand gekommen ist, kriegt ihn nie wieder, wie Brand
zum Schluß des vierten Aufzuges sagt, Seite 117:

> Der Verlust sei Dein Erkornes:
> Ewig bleibt uns nur Verlornes.

Darum ging er nicht in eine Anstalt, sondern erlor sich den
Verlust des Verstandes, in dessen ewigem Besitz er sich jetzt befindet.
O, erleuchtendes, philosophisches Nordlicht! —

Was soll die Kunst?

Durch natürliches Abmalen der scheußlichen, gemeinen Wirk=
lichkeit von der Lüge ab= zur Wahrheit hinschrecken. Die Ab=
schreckungstheorie allein ist ein überwundener Standpunkt; mit der
Hinschreckungstheorie verbunden ist dagegen modern. Die Kunst
bessert, indem sie öffentlich die Blößen weist, worauf die Schläge
hingehören; sie belehrt, indem sie zeigt, was entsteht, wenn Kinder
nicht vorsichtig genug in der Wahl ihrer Eltern sind.

So auch im Torfmoor.

Frau Quärkersen hat die Tuberkulose und repräsentirt dadurch
vier Fünftel der Menschheit. Das übrige Fünftel würde durch
ihre Bazillen angesteckt und vergiftet, wenn nicht genügend Karbol
angeschafft wird, die Bazillen zu ersäufen. Daher die Armuth.
Das Karbol verschlingt Alles — selbst die Stühle. Diese sind
verkauft bis auf einen — Leie und Knube haben kein Bett — die
Bürste zum Fensterwaschen ist wahrscheinlich beim Apotheker als
Faustpfand gelassen, und deshalb sind die Scheiben so trübe —
genau der höchsten Weisheit entsprechend:

Was der Mensch braucht, muß er haben!

Die Wissenschaft lehrt: ohne Karbol geht die Welt an Bazillen
zu Grunde. Die Leute in der Hütte am Rande des Torfmoors
handeln streng wissenschaftlich. Aber nützt es ihnen etwas?

Nein.

Warum nicht?

Weil sie von ihren Vorvätern und Vormüttern belastet sind.
Mit Flammenschrift leuchtet aus dem Torfmoor die Lehre:

Bei erblicher Belastung hilft Karbol nicht!

Das ist erhaben und niederschlagend zugleich. Genau nach
Aristoteles, nur noch viel höher, bedeutsamer, wissenschaftlicher.

Es ergeht Leie und Knube wie jenem Mann, der, trotzdem er
die Kur in Karlsbad durchgemacht hatte, drei Tage später auf der
Jagd aus Versehen erschossen wurde. Sie opfern Alles für das
Karbol und kommen doch um. Wäre Leie nicht epileptisch be=

lastet und Knube nicht mit der Freßgier, so könnten sie jetzt noch leben. Daher die Lehre:

Seid vernünftig beim Verheirathen!

Und doch wäre Alles glücklich abgelaufen, wenn Knube — und dies ist der geistreiche Knote der Handlung — nicht die Absicht gehabt hätte, die alte Frau auf Stroh zu legen. Sein Egoismus stellt ihm die Falle, in die er ohne Halten stürzt. Die alte Frau durchschaut seinen Charakter . . . Der dramatische Konflikt ist da, aus dem sich folgerecht das Trauerspiel entwickelt. Darum die vierte Lehre des Stückes:

Lege keine sogenannte Schwiegermutter auf Stroh, bevor sie kalt ist!

Und auch trotzdessen wäre eine günstige, d. h. lebensvortheil= haftere Wendung möglich gewesen, wenn nicht die Fliegenschwämme neben der Grütze gestanden hätten. Daraus erfolgt eine fünfte Lehre:

Iß keine Pilze, die Du nicht kennst!

Wollten wir alle Lehren aus dem Torfmoor ziehen, die drin sitzen, müßten wir eine Bibliothek schreiben; nur eine lassen wir noch folgen. Schrecklich ist der Tod des Pastor Baaser. Dies rettungslose Einsinken in den braunen Morast, dies Eingeschlürft= werden, dies ohnmächtige Ringen, dies spinnbeinige Nahen des Todes, centimeter=, millimeterweise, bis die ersten Tropfen des Torfwassers die Lippen netzen, ekle Brocken in den Mund bringen, das wahnsinnige Schreien dämpfen, die Naslöcher verstopfen und langsam, langsam ersticken, bis auch der Geistliche mit dem Sparkassenbuch ein Engel wird . . . dies Alles lehrt den Satz:

Mensch, gehe stets die Chaussee lang!

Es sind einfache Leute, Naturmenschen, denen wir im Torf= moor begegnen; aber wie tief reden sie, wie klug wissen sie, welche

Weisheit entströmt ihren Lippen! Das kommt, weil sie über sich selbst nachdenken, über ihre Bestimmung, über ihr Sein, über die Erde, den Himmel, die Welt, die Pflichten, den Zusammenhang der Dinge. Und so denken können sie nur in der Einsamkeit, los= gelöst von dem störenden Getriebe der Stadt, frei im Geiste und in den Verhältnissen. Deshalb verließ Frau Quärkersen den Lärm der Straße, den lauten Markt des Lebens, als sie einsah, die Aufgabe des Menschen bestehe in den Pflichten gegen sich selbst. Daraus ergiebt sich die siebente Lehre:

Mensch, ziehe um!

Die Wissenschaft beweist, daß es keine Seele giebt, daß Alles Trieb ist, und das Strampeln des Lebenstriebes gegen den Unter= gang den Kampf um das Dasein bildet. Wodurch aber gehen vier Fünftel der Menschen unter?

Durch Bazillen!

Wenn nicht noch mehr!

Was den auf so niederer Stufe stehenden Griechen als Fatum galt, das halten wir jetzt triumphirend am Schwanz: den morbenden, unheilbringenden Bazillus. Die Griechen und andere nicht viel höher stehende Völker suchten die Götter (so ein Unsinn) durch Opfer zu versöhnen, sich durch Buße zu entsühnen, das Fatum zu wenden. Wir spotten ihrer und verachten ihre Dummheit. Wer erlöst uns von den Bazillen?

Das Karbol.

Karbol ist Erlöser! — Ein Hoch der Wissenschaft.

Und darum klingt das Torfmoor dramatischer, furchtbarer aus als je eine Tragödie der Alten. Das klagende Gewimmer der Frau Quärkersen heißt in der Lügensprache der Unmodernen, der schulgerechten, querköpfigen Tradition: „Unerlöst, verloren in Ewigkeit".

Denn nun kommen die Bazillen und essen sie auf.

Wenn wir Modernen Karbol sagen, so bedeutet es dasselbe, aber . . . Karbol stinkt, und deshalb ist es wahrer und wirklicher, als die abgedroschene Phrase von erlöst oder gesühnt, die eben keinen Geruch hat.

Darum nennen wir es das heilige Karbol. Und statt erlöst, sagen wir desinfizirt.

Unsere Analyse des Torfmoors ist zu Ende. Wir verlassen es: gewarnt und belehrt, mit einem bitterfaden, wässerigen Geschmack im Munde, als hätten wir Etliges gegessen. Das aber ist das Zeichen eines echten Kunstwerks der Moderne. Hat man es ge= nossen, muß man nach Ozon verlangen. Das ist des Dichters Triumph. Wir schließen mit einem Spruche des Meisters aus „Brand", Seite 120:

> Hinter jedes Ding's Begriff
> Verbirgt sich etwas wie ein Kniff,
> Doch ganz verständlich Jedermann,
> Der nur bis Fünfe zählen kann.

Daraus nehmen wir die letzte und höchste Lehre des Torf= moors, die allein schon hinreicht, ihm die moderne Unsterblichkeit zu sichern und also lautet:

Mensch, lerne bis Fünf zählen!

Die

Frauengeſtalten des Torfmoors

von

Rasmuſſine Toſſe,

stud. rer. natural. et med.

Rur das Weib versteht das Weib und zwar durch den Mann.

Die Nervenendigungen des Weibes sind zarter besaitet; sie sind das empfindende Trommelfell, das breitausendvierhundert= undzweiundbreißig Schwingungen in der Sekunde machend, die feinsten Unterschiede z. B. einer Symphonie erfaßt oder die höchsten Töne einer Grille, deren Dasein erst auf Umwegen von den Physikern bewiesen wird.

Der Mann ist gröber veranlagt, er hat mehr Gehirn als das Weib, mehr graue Masse. Aber die größere Masse ist auch die schwerer bewegliche, wie z. B. eine Flaumfeder gegen einen Ambos und so ergiebt sich, daß das Weib feinfühliger ist als der Mann.

Wenn wir im freien Theater sitzen bei verschlossenen Thüren, dann vibriren wir; unsere Nerven vibriren in der Erwartung des Wunderbaren. Und wenn das Wunderbare kommen soll, dann kommt es nicht und das ist die höchste Kunst. Denn es giebt für Vernünftige kein Wunder. Aber das Vibriren läßt sich nicht leugnen. Es muß am Gehirn liegen, z. B. an der inneren Empfindungssphäre, die den Kaltblütern fehlt, weil sie nur eine Herzkammer haben.

Darum vermag auch nur das Weib mit den Frauengestalten des Torfmoors zu empfinden, sie ganz zu begreifen. Nur zwei hat der Dichter hingestellt, nur zwei. Bei dreien wäre eine zuviel gewesen. In der Beschränktheit zeigt sich der Meister!

Nur zwei Frauen .... und welche! Wie die übrigen Figuren des Stückes, echte unbeeinflußte Naturmenschen mit innerer philo= sophischer Naturaldurchbildung. Und zwar ganz besonders!

Zunächst Frau Quärkersen. Sie liegt im Bett, sozusagen im Mikrokosmus, denn das Bett ist ihr Milieu, aus dem sie nicht heraus kann, höchstens später auf den Tisch und dann auch nur in der äußersten Noth. Sie liegt schon lange darin, jedenfalls seit dem Stadium der Nachtschweiße.

Sie, die früher so Regsame und Thätige, ist auf das Bett beschränkt, aber fessellos ist ihr Geist. Aus allem ihren Denken

erklingt derselbe Grundrhythmus, das hohe Lied der Freiwilligkeit,
der feste Kontrabaßakkord der Pflicht, die Aeolszungenstimme des
Mitleids mit Thieren, das den Menschen, sei es, theils zum
Vegetarier, theils zum Mitglied des Thierschutzvereins macht, von
der Vivisektion garnicht zu reden. Gegen diese Foltergreuel der
Wissenschaft würde Frau Quärkersen voll und ganz eingetreten
haben, und so drücken wir ihr geistig die segensreiche Hand.

Frau Quärkersen ist eine einfache Frau. Sie that ihre Pflicht
und scheute Niemand. Das läßt zwar von Außen härtlich, und
manches weibliche Wesen wird deshalb verkannt, aber welchen
Schatz von Poesie bildet ihr geistiges Ingebärme. Mit welcher
Zartheit schmückte sie die kleinen Leichen . . . . nicht einmal ihre
eigenen, sondern wildfremde. — „Engelchen" nennt sie die kleinen
Erkalteten. Wie süß das klingt, und welche Anmuth im Ausdruck,
welche Lieblichkeit der Sprache, wenn sie dem Pastor — wir denken
ihn uns mit Zähren in den gerührten Augen — die Sarglegung
beschreibt: Alles ist zierlich im Diminuitivchen: Särgelchen, Sterbe=
kittelchen, Jahreszeitchen und darüber ein Strom von Maiglöckchen.
Ja, das ist Poesie, reine Poesie, namentlich die Maiglöckchen.
Man kann sagen, die Alte harft auf den Gefühlssaiten nicht nur
des Pastors, sondern auf denen der ganzen Welt. Poesiebetäubt,
fällt mir fast die Feder aus der Hand.

Die Kinder sterben an Asphyxie, wieviel reinlicher ist dies
als z. B. an Dyssenterie. Mit Unrecht wirft man den Modernen
Unreinlichkeit vor. Und dann: naturalia non sunt turpia . . . .!

Dem Nackturalismus ist überdies Alles gestattet. Darum ist
er es ja auch eben!

Wenn Alle todt sind, bleibt Frau Quärkersen allein. Wie
erträgt sie dies? Jeder Andere würde an ihrer Stelle z. B. ins
Wirthshaus gehen oder sonst irgendwo hin: sie aber verläßt die
Wohnung nicht, das ist trotzig. Sie kann nicht weg, das ist
Schicksal. Und in dieser Zwanglage, in dieser Seelenpein . . . .
klagt sie vielleicht die Götter an? Hadert sie mit ihrem Loose?
Nein, nur das Karbol beschäftigt sie . . . . ihre letzten Gedanken
sind bakteriologisch=medizinisch=wissenschaftlich!!!

Das ist ein Triumph der modernen, von Wissenschaft durch=

brungenen Lebensanschauung, das ist die Bazillosophie, die berufen ist, der alten Philosophie ein möglichst schleuniges Ende zu bereiten, damit Niemand sich mehr damit die Gehirnzellen zu belaben braucht. So sehen wir in Frau Quärksen den Anbruch der neuen (wie feinsinnig die Abendsonnenbeleuchtung der Schlußscene), auf wissen= schaftlicher Forschung beruhenden Weltweisheit, die strahlende Morgenröthe wissenschaftlich erleuchteter Zeitalter in der runzligen Hülle einer härtlichen Alten, die nur zu platzen braucht, um so= zufagen wenigstens dreihunderttausend Ohm Elektrizität glanzvoll frei zu machen! — — —

Anders geartet ist Leie. Sie ist ja auch nicht ihre Tochter, sondern ihr Ziehkind (von trahere, ziehen, daher auch traject, Zugbrücke u. f. w.). Leie ist durchaus edel veranlagt. Sie sagt es selbst. Ihre innere Klarheit umgiebt sie wie ein Heiligenschein, den man nicht sieht, den das mitschwingende Weib aber resonnanz= artig fühlt. Und wie bescheiden sie ist. Ihr gilt das Hemd mehr als der Orden, der Schuh mehr als die Wichse; so bescheiden war sie, daß sie ihr edles Selbst dem geistig unter ihr stehenden Knube zu eigen gab. Körperlich mag er ihr über sein. Es war die Liebe des jungen, unverdorbenen, lebensunerfahrenen Wesens, das durch die Macht des Unbekannten zu ihm hingezogen ward, zu Knube, dem Torfbäcker. Nie hatte sie in der Stadt einen Torfmenschen gesehen, nun liebt sie ihn wie ein Fleisch gewordenes Torfmoor. Knubes Milieu ist Torf, seine Haare sind voll Torf, seine Hände, seine Kleider, selbst — wie fein beobachtet — seine Zehen sitzen voll Torf, er ist in Torf von Kopf bis zu Fuß. Nie hat ein Dichter ein Milieu energischer, wahrer und milieuser gezeichnet als dieses Torfconcrement, in dem Knube steckt. Und durch diesen Torf hindurch — ähnlich wie durch ein Polariskop — erblickt Leie mit ihrem jungfräulichen Auge Knubes innere Klarheit, seine Be= stimmtheit. Dieser ergiebt sie sich, nicht der rohen, eingetorften Kraft. Ja, sie weist alles häßliche Begehren von sich, um den Abel ihres Willens rein zu erhalten von der geistigen Betorfung durch torfige Lebensanschauungen. Den realen Torf scheut sie nicht, weil ihr, der Hochempfindenden, naturalia nicht turpia sind, aber den Seelentorf fürchtet sie. Das ist ungemein psychologisch.

Und dies edle Geschöpf muß mit Schmerz gewahren, wie Knubes innere Klarheit einbunkelt, wie er innerlich vertorft. Denn Torf ist dunkel. Und dieser gewaltige Schmerz löst nun das Erb= theil des Vaters aus .... die Epilepsie und zwar von leichteren Anfällen bis zum grand mal anwachsend.

Leie ist ernst wie Hamlet; das selige, fröhliche Kindheitslächeln hat sie nicht mehr. Wo blieb es?

Der Physio=psychologe giebt die Antwort: die Energie der Branntweinseligkeit wandelte sich in die potentielle Energie der Epilepsie um, die ihrerseits, von Zeit zu Zeit ausgelöst, in Gestalt von Krämpfen in die Erscheinung tritt.

Etwas Wahreres ist noch nie geschrieben worden; hier stehen wir am Vorabend der neuen Aera der neuen dramatischen Kunst. Die Doktorbücher sind die Zukunftsfundgrube der Zukunfts= Sophokflesse und =Aeschylosse, mit Einschluß der Homöopathie, Elektrotherapie, Orthopädie und der Chirurgie. Namentlich in der letzteren kann sie adlergleichen Schwung nehmen. Was war die frühere Dramenchirurgie? Köpfen und Erdolchen. Jetzt hat sie ein Feld, weit und groß .... wie das Torfmoor mit und ohne Jodoform. — Eine Frage: Warum wird immer noch nicht aseptisch hingerichtet?

Knube stirbt; die Kette thierischer Vererbungsinstinkte in ihm führt ihn zur strafbaren Handlung. Leie kniet verzeihend, seine innere Klarheit schauend, neben dem Sterbenden. „Stirb in Schönheit," fleht sie ihn an, als sie wegen der Gräulichkeit seines Todeskampfes Abscheu vor ihm verspürt. Sie will ihn lieben bis zu seinem letzten Athemzuge und das vermag sie nur, wenn er in Schönheit stirbt. So erhebt sie der Adel ihrer Seele über den Grundton des Torfes.

Wie eine Lilie des Feldes steht Leie vor uns, die das Unglück hatte auf ein Torfmoor verpflanzt zu werden, dort ihren munteren Muth einbüßend, von Knube gebrochen, an sich selbst zu Grunde gehend.

Nur das Weib versteht das Weib und zwar durch den Mann.

Fr. Nietzsche's Philosophie

und

das Torfmoor

von

Mads Dosmer.

Sören Faar
gewidmet.

Durch die Kulminisirung des Intellekts hat keiner der modernen Philosophologen eine höhere Skala attingirt als Friedrich Nietzsche; er repräsentirt daher das kaubinische Joch, welches die Kreationen der Literatur passiren müssen, um an denselben Acceptabilicität zu konstatiren. Was nicht in einer Apprehension zu Nietzsche steht, laborirt an einer Insuffizienz, an einem Defekt, dessen Differenz auf den Autor relapsirt. Sondiren wir daher das Torfmoor mit Objektivicität, inwiefern es mit Nietzsche integrirt, jede Enthusiasmatisation für die Moderne abweisend, nur der Analysis die Prärogative einräumend, die Vituberation cliquöser Koterie zu vermeiden.

Auf die Proektasis können wir verzichten; die Lektüre des Torfmoors ist suffizient für die Memorisirung der Details sowohl, als der Totalität des Ganzen.

Wer der Moderne nicht folgte, wer nicht den Naturalismus, nicht den Verismus assimilirte, wird einen Horror vor der eminenten Reproduktion der Hustentöne haben, die wie eine Guirlande durch das ganze Drama zirkuliren. Die Anaptysis ist jedoch inseparabel von der Phthysis und gerade dieses Cracheteuse, die bronchiteusen Geräusche poetisch zu utilisiren, ist von enormer Prägnanz; darin liegt etwas Kulturelles, denn Nietzsche sagt von den Naturlauten:

„Unsere Kultur heisst sie gut und rechnet sie unter die edleren Unvermeidlichkeiten.“*)

---

*) Vergl.: Friedr. Nietzsche, „Morgenröthe“. Leipzig 1887. Seite 152.

Die edleren Unvermeidlichkeiten, die find es, deren die Moderne necessitiret. Durch die Kunst introducirt, werden sie sich bald in der feineren Societät, in den Salons installiren, man wird dort die edleren Unvermeidlichkeiten — die Naturlaute — konsentiren, ihnen zujubeln als philosophisch-artistisch gerechtfertigten und daher zulässigen Menschlichkeiten, und viktorieus vertreibt der schneidige Luftzug der Moderne die steril gewordene bisherige Kultur. „Ars et philosophia nietzschiana!" das sei unsere Devise, in der Phalanx gegen den greisenhaften Idealismus.

Wie aber steht es mit den Gerüchen der edleren Unvermeidlich= keiten? Ein Universalgenie wie Nietzsche läßt uns nicht in= kontentirt; er dirigirt uns auch hier, indem er proklamirt:

„Dinge vom übelsten Geruche thun, von denen man kaum zu reden wagt, die aber nützlich und nöthig sind — ist auch heldenhaft. Die Griechen haben sich nicht geschämt, unter die grossen Arbeiten des Herakles auch die Ausmistung eines Stalles zu setzen."*)

Freilich nahm Herakles hierzu das purifizirende Wasser des abgeleiteten Stromes; wir Modernen aber nehmen die Finger und das ist noch viel heroischer. Deshalb rufe ich begeistert aus: „Der Wühlende ist der wahre Held!" aber es muß veritable Latrine sein. Je veritabler, um so heldenhafter. Deshalb giebt es in kanalisirten Städten auch keine Heroen.

Im Torfmoor ist das Nasale, Odoreuse vernachlässigt. Das ist ein immenses Delikt, insofern es das Nietzsche=Heroische nicht gebührend qualifizirt. Und es war nicht difficil, es zu apportiren. Ein einziges Stechbecken . . . .

Um so sublimer steht Frau Quärkersen da, zumal in ihrer Eigenschaft als faiseuse des anges. Ein inferiores Gesetz verlangt die Kondemnation derjenigen, welche sich an den Paragraphen 211 des Kodex nicht gekehrt haben. Sie besitzt den größten Werth für

---

*) Fr. Nietzsche, „Morgenröthe". S. 289.

die Erkenntnißtheorie, genau nach Nietzsche, „Morgenröthe", Seite 105, wo dieser venerable Philosoph bozirt:

„Der Zustand kranker Menschen, die lange und furchtbar von ihren Leiden gemartert werden und deren Verstand trotzdem dabei sich nicht trübt, ist nicht ohne Werth für die Erkenntniss — noch ganz abgesehen von den intellektuellen Wohlthaten, welche jede tiefe Einsamkeit (hier wie tief die des Torfmoores), jede plötzliche und erlaubte Freiheit von allen Pflichten und Gewohnheiten mit sich bringen. Der Schwerleidende sieht aus seinem Zustande mit einer entsetzlichen Kälte hinaus auf die Dinge: alle jene kleinen lügnerischen Zaubereien, in denen für gewöhnlich die Dinge schwimmen, wenn das Auge des Gesunden auf sie blickt, sind ihm verschwunden."

Mit Nietzsche erst percipiren wir die Quärkersen. Sie sieht mit abominabler Kälte auf die Gefühlsduseleien der Gesunden . . . die Welt ist ihr . . . egal. Von diesem Standpunkte aus erkennt Frau Quärkersen, und mit ihr der Leser, den Nonsens, die Imbecilität des Mitleids. Frau Quärkersen kannte ihren Nietzsche, sie hatte sich die Stelle „Morgenröthe", Seite 131, notirt, wo es heißt:

„Das Mitleiden, sofern es wirklich Leiden schafft, ist eine Schwäche, wie jedes Sichverlieren in einen schädigenden Affekt. Es vermehrt das Leiden in der Welt: mag mittelbar auch hie und da in Folge des Mitleidens ein Leiden verringert oder gehoben werden, so darf man diese gelegentlichen und im Ganzen unbedeutenden Folgen nicht benutzen, um sein Wesen zu rechtfertigen, welches, wie gesagt, schädigend ist."

Hiernach handelte Frau Quärkersen und pressirte den Kindern die Athmungsorgane zu. Wenn ihr das Herz dabei geblutet hätte in Mitleid, hätte sie sich ja geschädigt. Sie aber war stark, eine moderne Philosophin, ja Nietzscheanerin in außerkonventionellistischem Sinne, nicht als Theoretikerin, sondern als Praktikeuse. Wie hilariter, wie jovial sagt sie dem Pastor, daß alle ihre Pflege=befohlenen starben und kleine cherubimable Leichen wurden. Alle, Leie exceptirt. (NB. eine der großartigsten Großartigkeiten des Dramas.) Woher diese Jovialität, diese Serenität des Geistes? Nur von Nietzsche!

Schlagen wir Nietzsche, „Morgenröthe", Seite 257, auf, so lesen wir:

„Wenn die Pflicht aufhört, schwer zu fallen, wenn sie sich nach langer Uebung zur lustvollen Neigung und zum Bedürfniss umwandelt, dann werden die Rechte Anderer, auf welche sich unsere Pflichten, jetzt unsere Neigungen beziehen, etwas Anderes: nämlich Anlässe zu angenehmen Empfindungen für uns."

Nach Nietzsche wurde ihr die Pflicht der Jenseitifizirung der Pfleglinge nach langer Uebung zu lustvoller Neigung, diese Pflicht, die hervorging aus der Freiwilligkeit der Moderne, die sie weit wegführte jenseits Gut und Böse.

Noch einen philosophisch tiefen Zug müssen wir excerpiren. Knube sagt zum Pastor Baaser: „Nicht zu dicht heran, Herr Pastor — die Alte haucht Bazillen aus" und placirt ihm den Stuhl weit von dem Siechbette ab, nahe an die Thür. Hier müssen wir supponiren, daß Knube, statt Torf zu produziren, heimlich den Nietzsche studirt hat, denn Nietzsche sagt:

„Die mächtigste Wirkung der Frauen ist, um die Sprache der Philosophen zu reden, eine Wirkung in die Ferne, eine actio in distans . . . dazu gehört aber zuerst und vor Allen — Distanz.*)

Und gerade diese Distanz vermittelt Knube, indem er den Pastor an die Thür setzt. Und nun wirkt die Alte.

---

*) Fr. Nietzsche: „Die fröhliche Wissenschaft". Leipzig 1887. Seite 161.

Dieser Knube ist ein nietzisch=polarer Mensch. Er hat die zwei verlangten Pole: den Klarheitpol und . . . den Torfpol. Die nervöse Kraft am Klarheitpol wird latent, die am Torfpol immer energischer, bis er, totaliter jenseits Gut und Böse, ein Autobibakt der Nietzsch'en Herrenmoral, die Contenta der beiden Töpfe seinem Magen involvirt und krepirt. Fast erscheint die Mutation seines Charakters in der Agonie mirakuleus und boch ist sie naturell physiologisch=philosophisch kommentabel.

In dem einen der Töpfe ist Grütze, in dem anderen Fliegen= pilzgift. Letzteres beliberirt die nervöse Ansammlung am Klarheit= pol, der baburch in Aktion tritt, wogegen der Torfpol in der Grütze untergeht: ein höchst geistreiches Parallelosymbolum zum Pastor Baaser, der in toto im Torf submergirt, wie Knubes Torfpol in der Grütze. Nun leuchtet Jedem ein, weshalb zwei Töpfe in der Asche gratiniren. Ohne den Topfdualismus bliebe Knubes Polarität irremovibel.

Und wie sicher ist seine Adaption der Herrenmoral in dem carnalen Desiberium nach dem Bette fixirt, auf das er unentwegt kanbibirt. Alles ist gesund an ihm, keine cognaceuse Vererbung wie bei Leie, die unter der Bibacität der Eltern schwer sufferirt und herebitatorisch buldet.

Scheinbar eine episobistische Figur ist der Pastor Baaser und boch ist er necessibel, bieses — Prototyp eines in der Sklaven= moral und im Heerbensinne penbelnben Bourgois, um einen der immensesten Weisheitssprüche Nietzsches zu illustriren. Der Pastor — bequem wie alle aus der Societät zu eliminirenden Prälaten — fragt die pflichttreue Frau Quäkersen nach einem kürzeren Weg zur Stabt. „Der linke ist der rechte," respondirt sie, naturabel, naiv, wie bas Volk spricht. (Ein belikater Zug vom Autor.) Der Pastor bislocirt sich, tombirt in ein Torfloch und bisparirt in bie Tiefe. Warum stubirte er vorher nicht Nietzsche, ben jetzt sogar die Simpelsten als ihr Jbol citiren? Da hätte er gewußt:

„Die angeblichen ‚kürzeren Wege‘ haben die Menschheit immer in grosse Gefahr gebracht."*)

---

*) Fr. Nietzsche, „Morgenröthe", Seite 48.

Nun ist er versoffen aus purer modern = philosophischer Ignoranz.

Das Torfmoor hat die Examination bestanden und wird mit dem Testimonium bemissionirt, daß es, moderne Philosophie, moderne Kunst, moderne Aesthetik diffundirend, einen Schritt vorwärts signifizirt, daß wir Nordischen stolz darauf sind, so vielversprechende Schule gemacht zu haben, wenn auch das Höchste noch nicht assequirt ist. Dazu ist es noch nicht nauseos genug. Wenn aber der echte Norden und Nietzsche konjungirt werden, dann tritt jene Konstellation ein, die wir axiomatisch als den Sieg der exklusiven Modernität über die Degenerescenz und Bankerottisirung des antiquirten Ideologismus zu prognostiziren voll und ganz berechtigt sind.

Die Bühne des Torfmoors

von

Gumme Griis.

Einar Prillquist

gewidmet.

Wir wollen und müssen eine neue Richtung haben, sonst giebt man nicht Acht auf uns und wir bleiben bei den Dorfchen sitzen, oben zwischen den Skären. Darum müssen wir auch die Bühne anders haben, als bisher und hierzu die Vorschläge zu machen, scheint mir das Torfmoor sehr geeignet.

Ich habe schon manches Theater gesehen. Ein Figurentheater mit Metamorphosen, von oben durch Schnüre geleitet; ein Kasperle= theater, unten durch Finger geleitet, einmal lebendige Menschen in einer Scheune und einmal Theater in Drammen. Es muß aber anders werden, mehr natürlich.

Warum schminken sich die Schauspieler, da sich doch Niemand so in Wirklichkeit bemalt? Knube sitzt voll Torf . . . das ist natürlich und Frau Quärkersen hat keine rothe Farbe, das ist auch natürlich. Aber Leie? Leie kann sich die Haare mit Butter= milch kämmen, das ist ländlich.

Unter Frau Quärkersens Bett liegen Kohlhäupter, Kartoffeln, Rüben und so weiter. Das ist auch natürlich. Es dürfen aber keine gemalte sein, sondern natürliche. Sie müssen multerig riechen, wie die Brodrinden im Tische. Die Nase verlangt auch ihren Antheil im Theater.

Die Musik muß, wenn der Vorhang aufgeht, unter die Bühne kriechen, weil es unnatürlich ist, wenn sie sitzen bleibt, da doch im Torfmoor kein Konservatorium ist. Wenn es möglich wäre, müßte man die Musikanten so setzen, daß das Publikum sie überhaupt nicht sehen kann. Das wird wohl nicht zu machen sein. Aber es ist meine Idee.

Die Beleuchtung muß auch anders werden, so nämlich, daß man die Lampen vorne nicht sieht. Denn Lichter vor den Füßen ist nicht natürlich.

Sehr gut ist, daß die Dekoration nicht wechselt. In dieser Beziehung bricht das Torfmoor mit dem Theaterluxus. Das ist sehr bedeutend von mir, es nachzufühlen. Auch sind keine Monologe darin. Kein vernünftiger Mensch spricht mit sich selbst.

Wenn es sich machen ließe, den Zuschauerraum während der Vorstellung zu verdunkeln, so würde das sehr von Vortheil sein, weil man alles Mienenspiel genauer sieht. Aber das ist wohl nicht zu machen.*)

So liegt die moderne dramatische Kunst noch sehr im Nothzustande.

Im Torfmoor ist ein großer Fehler. Der Verfasser empfiehlt der Darstellerin der Leie Seife zu kauen, damit sie epileptischen Schaum vor dem Munde hat. Das ist verwerflich: sie muß richtig schäumen und richtig Krämpfe haben. Wir wollen Natur auf der Bühne, unverfälschte Natur. Dies darf nicht sein.

Und auch darf nicht sein, daß der Vorhang fällt. Der muß offen bleiben, daß man sehen kann, was nun wird. Wie die Fliegen kommen und sich auf Knube setzen und auf Leie, und die Maden auskriechen, und wie Frau Quärkersen auch todt wird und die Fliegen zu ihr kommen und Alle verwesen, und wenn es acht Tage währt. Das geht noch über die freie Bühne und das nenne ich, Gumme Griis:

Die Dauerbühne.

Solange bleibt die Bühne auf und das Publikum im Theater (es darf sich Betten mitbringen), bis Jemand vorbeigeht und tritt in die Hütte ein. „Was ist dies?" ruft er, „dies ist ja eine un=

---

*) Herr Gumme Griis ist wohl einige Jahre nach Baireuth geboren?
Anm. des Korrektors.

hygienische Sache, hier muß aufgeräumt werden." — „Nein," schreit Publikum, „das ist Natur, wir wollen Natur."

„Dann sollt Ihr Natur haben," ruft er und holt vier Mann Sanitätswache, und die werfen Alles von der Bühne ins Publikum: Leie und Knube, Frau Quärkersen, die Maden, den Kohl, die Rüben, die Kartoffeln, den Speinapf, das Karbol, Unterbett, Ober= bett, allen Torf, das ganze Torfmoor, bis Publikum bis an den Hals in Natur sitzt. Dann wird Publikum satt von Natürlichkeit in Kunst und geht nach Hause und reinigt sich.

Und dann ist es hiermit

aus.

www.ingramcontent.com/pod-product-compliance
Lightning Source LLC
Chambersburg PA
CBHW031930060726
47496CB00008BA/2785